널 누가 데려가나 했더니
나였다

널 누가 데려가나 했더니
나였다

웃프고 찡한   햄햄 지음

극사실주의 결혼 생활

개가 좋아 개만 그리다가
개 그리는 작가로 전직한 집념의 개 덕후

시바 (프리랜서 · 34세)

10여 년의 직장 생활을 졸업하고 일러스트레이터로
전직하였으나, 프리랜서다운 낮져밤져(?) 저질 체력은
졸업하지 못했다. 집순이 생활이 길어지면서 집 안의 몰딩,
화장실 타일, 수저 개수까지 다 외울 지경이다.
작업이 잘 안 풀릴 때 콘플레이크 일곱 그릇을 먹고 왼쪽
뒤통수 머리털을 쥐어뜯는 습관이 있다.

인싸이고 싶은
아싸 개

하루 (백수 · 2세)

애교 많고 (판다 한정) 단순하며 느긋한 성격. 집안에서
털(누가 비숑은 털 안 빠진댔어…)과 똥 그리고 귀여움을 맡고
있다. 판다가 똥을 싸면 따라서 똥을 싸고, 시바가 기지개를
켜면 똑같이 기지개를 켜는 따라쟁이다. 24시간 CCTV마냥
사람한테 따라 붙지만, 의외로 과묵한 편. 서열에 민감해서
자기보다 낮은 위치인 시바를 무시하는 경향이 있다.
좋아하는 것은 현관문 틈새로 먼지 흡입하기, 시바 등에
드러눕기, 물그릇에 콧바람 불기 등이다.

시바의 남편이자
중증 개털 알레르기 보유자

판다 (회사원 · 38세)

10년 차 애니메이션 컨셉 디자이너. 나긋나긋한 목소리에
웃는 상이라 다들 순한 줄로만 알지만, 사실 온라인 축구
게임에서 지면 키보드를 쾅쾅 두드리는 반전 곰. 맨날 조던
어쩌구 스캇 어쩌구 하는 고가의 운동화 얘길 하면서,
청바지는 삭아서 가랑이가 터질 때까지 입는 친환경 에코 곰.
특기로는 냉장고 안의 반찬 가짓수 파악하기와 음료수
한 번에 빨리 마시기, 류승룡 성대모사 등이 있다. 느긋한
성격으로 시바의 개 같은(?) 감정 기복을 다스리는 부적
역할을 하고 있다.

차
례

3
라운드

결혼이라니, 결혼이라니!
: 나를 믿는 너를 믿어

1
라운드

어느 서늘한 연애담
: 지리산 같은 등짝에 반하다

어느 날, 회사 동료가 대뜸,

내가
사치스럽다고 했다.

점심에 한 잔,

저녁에 또 밥 대신 한 잔.

아니, 커피야 마실 수 있죠. 근데…

전부 한 입만 마시고 버리니까, 그 플라스틱 잔만 매일 세 컵이나…

완전 환경 테러라구요.

잘 생각해봐요, 시바 씨. 커피 한 잔에 4천 원씩 한다고 치고, 적어도 한 잔은 마시지만 거의 두 잔은 버리고 있잖아요?

한 달 20일 근무라고 치면, 매달 16만 원을 길바닥에 버리는 거예요.

알겠어요,
시바 씨?

시바 씨한테
하루 커피 세 잔은
과소비라구요.

돈 없으면서
커피로 FLEX
하지 마요….

* FLEX: 재력을 과시하는 행위

분하지만, 틀린 말은
아니었다.

좋아, 결정했어.
이제 그냥 커피를
마시지 말자.

점심시간

시바 씨가 많이
고단한가 봐?
잘 자네.

무슨 일이 있어도,

습관처럼 계속
안 마시다 보면,

차차
적응되겠지.

이번 정류소는…

결국 다시
지하철.

결국, 시바는 살던 대로
　　　　　　　살기로 했답니다.
(그래도 앞으로는 텀블러를 사용하는 걸로!)

있지,
　　판다 요즘…

고민이 생겼어.

시바는 가리는 것도 없이 뭐든 잘 먹고

나한테 이것저것…

시키기도 참 잘하고

성격도
되게 긍정적…

여튼,
솔직하고 알기 쉬운 편이라

같이 있으면 편안해.

근데,

근데
있잖아….

쟤,

어떻게
집에 보내지….

아, 응꼬 가려워~

판다의 첫 번째 집은
반지하였다.

우린 같은 회사에 동네도 가깝다 보니
함께 출근하는 경우가 많았다.

그런데 있지, 그 동네 말이야….

어쩐지 좀,
범상치가 않았어.

아침 출근길에, 불타고 유리창이 몽땅 깨진

차를 본다든지

대낮부터 길거리에서

술 취한 아저씨들끼리 패싸움을 한다든지

그리고
무엇보다

미심
쩍었던 건…

밤이 되면 택시들이 꼭
약속이라도 한 것처럼
승차 거부를 하더라고.

그 동네는
이 시간에
안 가요.

그치만 좋은 점도
확실히 있어.

원데, 그게,

예를 들어,
근처에 있는 1+1 아이스크림
할인 매장이라든지~

아이스크림
성애자

간섭 전혀 없는
　주인집 아주머니도 참 좋고,

한 접시 가격에 두 접시 주는,
　50년 전통 할매파전 같은 거.

그야 당연히…

뭐 어쨌든.

…그렇다고 합니다.

비록 반지하이긴 하지만, 꽤 넓었던
판다의 첫 자취방.

살림살이는 TV, 침대, 옷가지 그리고 신발이 다였다.

첫째 날

둘째 날

셋째 날

곰팡~

곰팡~

갸악!!

커튼
까지
번졌어…!!

…?

가만,
그런데
이거
…

사사삭

꼭 신사임당의 '초충도' 속 '포도화'를 닮았다…!!

이렇게 예술적인 곰팡이라니.

근데…

얜 끝까지 집에는 안 가네….

대단…

라면
먹자

그곳에 가면, 늘 머리가 지끈지끈 쪼개질 것 같았다.
참을 만한 것 같다가도, 순간순간 도저히 못 참겠고
잠이 들었다가도, 머리를 부여잡고 찡그리며 깨어난다.

아, 그 냄새를 뭐라고 해야 할까.
습하고 퀴퀴한 게 호흡을 압박해온다.
여기서 약간만 더 깊이 잠들었다간
내일 아침 해를 볼 수 없을 것 같은 느낌.

냄새는 점점 진해지며 존재감을 뿜어냈다.
판다의 방에 있으면 절로 느껴졌다.
매캐하고 음습하며 묵직한 그 공기가.

그렇게 며칠이 지났을까?
늦여름 장대비가 쏟아지던 어느 날,
우린 야식으로 먹을 핫 바와 컵라면을 사 들고
판다네 집 현관문을 열었다.

그리고 보았다, 그것을.

어제까지만 해도 꽁무니도 보이지 않던 그것.
커튼, 천장, 바닥, 벽 침대 귀퉁이까지 점령한 그것.

마치 우리를 위해 공들여 준비된 서프라이즈 같은,
이 방의 진정한 주인이 누군지를 보여주기라도 하는 듯이,
드넓게 포진해 빼곡히 벽에 스며든 웅장한 그것은,

거대한 검은 곰팡이 군단이었다.
곰팡이 중에서도 가장 강력한 유해함을 자랑한다는
바로 그 검은 곰팡이.

엄청난 규모와 농도 그리고 압도적인 카리스마.
마치 수묵화처럼 집을 둘러싸고 있었다.

세상에.
그냥 쳐다보기만 해도 소름이 오소소 돋아났다.

그 광경을 본 우린 그대로 굳었다.
그리고 잠깐의 정적.

편히 쉴 생각으로 판다네 집을 방문했던 나는
내심 약간의 후회가 밀려왔다.
아, 이럴 줄 알았으면 그냥 집에 갈 걸.

다 봐버린 이상 모른 척할 수도 없는 상황.
하는 수 없지. 뭐라도 하자.

"판다야, 저거…."
곰팡이를 가르키며 판다를 쳐다보는데,
그의 눈가에서는
뚝 뚝,
후드드득.
눈물이 떨어져 내렸다.

가뜩이나 처진 둥근 어깨를 더 축 늘어뜨린 채
아이처럼 울고 있었다.

펑펑 흐르는 눈물을 곰 발바닥 같은 두꺼운 손으로 닦아
티셔츠에 비비적대며 넓은 등을 떨고 있는 모습이라니.

만일 '세상에서 가장 불쌍하게 울기' 콘테스트가 열린다면
1등은 바로 이 순간의 판다일 것이다.

그런 생각을 하고 있으니 마음이 차분해졌다.
지금 나, 용기가 막 솟아나는 것 같다.
곰팡이는 이제 무섭지 않다.

주변을 둘러보니, 내다 버리지 않고 모아둔
종이 가방들이 바닥에 놓여 있다.

속을 들여다보니 눈처럼 하얗다.
만져보니 벽지만큼은 아니어도 빳빳하네….
괜찮은데. 이거 붙여볼까?

이음새 부분이 찢어지지 않도록 살살 가위로 떼어내
하얀 부분이 보이게 곰팡이 위에 붙이기 시작했다.

세차게 쏟아지는 여름 장대비 소리를 들으며
영화와 맥주, 라면 대신
곰팡이와 함께 시간을 보냈던 밤.

곰팡이가 벽면을 타고 올라가며 퍼진 그 풍경은
이상하게 아름다웠다.
하얀 벽을 수놓듯 흐드러진 모습이
꼭 신사임당의 초충도 속 포도화를 보는 것 같기도 했다.

판다가 들으면 펄쩍 뛰겠지만, 솔직히 난 그랬다.
모르지.
언젠가는 판다도 그 순간을 추억처럼 생각해주지 않을까.

둘이서 공장 돌리듯 부지런히 움직이니
언제 그랬냐는 듯
쇼핑백을 붙인 부분이 안 붙인 곳보다 더 많아졌고,
제법 깨끗해 보였다. 만세!

완성된 벽을 후련하게 쳐다보는데,
판다가 시무룩해하며 말한다.
"어차피 이거, 다시 뚫고 나오겠지…?"
당연하지, 바로 뚫고 나오겠지.

어릴 적, 30년 된 할머니의 흙집에서 살 때
내가 무서웠던 건 처녀귀신이나 요괴 같은 게 아니었다.
정말로 싫고 무서운 건 대부분 현실에 있었다.

바퀴벌레, 쥐, 구더기(쓰면서도 소름), 곰팡이 같은 것들.
이것들은 언제나 더럽고 강하며 증식하고 소생한다.
쥐는 쥐약을 먹어도 이틀 밤낮을 살아서 똥을 싸며 소릴
지르고,
곰팡이는 없애도 없애도 철이 지나면 같은 곳에서 다시
부활한다.

완전히 없애려면 벽지를 뜯어내고 시멘트를 불에 그슬려
균을 태워야 한다고 들었는데 (무슨 위령 의식도 아니고…)
이집은 판다의 집이 아니었다. 방법은 없었다.
판다도 알면서 물어보는 거겠지.
알지만 싫겠지. 어쩔 도리가 없다.

난 대답했다.
"또 나오면 또 붙이지 뭐.
나 쇼핑백 많으니까 말만 해."

판다는 잔잔히 나를 바라보았다.
고마운 마음인 걸까?
뭐, 당연히 고마워해야지.
그럴 만한 일을 했으니.

판다는 벽 한 번, 나 한 번 보더니
미소 지으며 말했다.

"그래 많이 모아 둬.
여기, 우리 집이니까."

음,
오늘은

...

흰 선만 밟으면,

얘만
밟아야지~

오늘
칼퇴 한다.

그 검은 그림자는
잠시 판다를
쳐다보는 것 같았다.

…

…

그러더니-

끼!

사라졌다
-!!

집

사라졌다고?
어디로??

막다른 골목길
이었다면서.

헐

그게…
담벼락
옆을 살펴
보니까,

그 옆에…

찌즉- 찌즉- 찌즉-

찌즉-

문이
나 있더라고
….

...

그럼,
그 문으로 들락날락
거렸다는 거야?

아마,
그런…
것 같아.

집주인한테 말했더니, 그러더라고.

아이구~ 시상에~!!
그 놈이 또
왔는가 베~!!
미안해서
어째~!

또…?

또…
라니요-??

아니이~
예전에 여기, 중국인 여자가 혼자 살았는데~!

※ 모델이셨다고 함

글쎄,
그 아가씨를…

1년을,

스토킹을
했다 그러데~에?

그날 밤,

판다는 한숨도 잘 수 없었다고 한다.

다행히,
그 뒤로 변태는 나타나지 않았다.

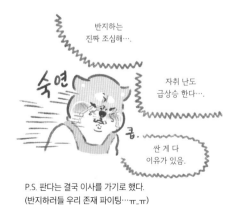

P.S. 판다는 결국 이사를 가기로 했다.
(반지하러들 우리 존재 파이팅…ㅠ_ㅠ)

곰팡이 습격 사건 이후,

난 본격적으로 판다가 이사할 곳을 같이 봐주기로 했다.

나름 내가 현실적이라고 생각했는데….

공인중개사와 둘러본
장소는 총 13군데.
그러나,
정말 놀랍게도

조금 빨리 걸을게요~

헉 헉

축지법이
이런
거구나….

단 한 군데도
마음에 들지 않았다.

오늘 고생
많으셨어요.

연락 드리
겠습니다.

꾸벅

네,
들어
가세요.

방금 전, 차 안.

솔직히 난 네가
무던해서,
둔한 것 같아서
다 괜찮은 줄
알았는데

너도 때로는 섬세하고
상처받는다는 걸
자꾸만 잊어
버린다.

뚝
그쳐,
뚝.

음.

···

근데, 있지.
난 너
안 불쌍해.

판다 너,
나보다 일도 잘하고 빠르잖아.

회사에서 누군가 꼭 필요한 사람만을 남긴다면, 그건 아마 너겠지.

게다가 회사 사람들이랑
두루두루 잘 지내잖아.

그리고 무엇보다도,

그림에 대한 열정, 솔직히
정상은 아닌 것 같···

틈만 나면 넌 그래.

그림,
그림,
그림.

응.

... 고마워.

뭘.

뭐, 정 고마우면….

그러니까, 내 말은 그거야.

헐.

밥은 네가 사는 걸로 하자♡

ok?

지금도 충분히 잘났다는 거다, 곰탱아.

벌러덩—

일으켜줘~

그냥
밟을까….

도발인가.

결국 개싸움….

처음 눈에 들어온 건, 그냥 너의 등짝이었다.

운동으로 깎고 다듬어 울끈불끈 떡 벌어진
멋진 등짝은 아니었다.

그렇지만 뭐랄까.
지리산처럼 부드러운 능선,
적당한 쿠션감의 하얀 살집과
남들보다 약간 더 널찍한 평수가
꽤 매력적이란 말이지.

일렬종대로 다닥다닥 붙어있는 사무실 파티션 사이,
안쪽 깊숙이 위치한 내 자리에서는
많은 등을 볼 수 있었다.

업무에 지쳐 처진 채 올라오지 않는 등,
회의를 앞두고 모니터에 바싹 달라붙은 등,
상사의 힐난에 억지로 삭힌 분노로 부푼 등,
퇴근을 앞두고 설렘을 감추지 못해 달싹거리는 등….

동료들의 등은 생각보다 많은 걸 이야기하고 있었다.
그리고 그중에 너의 등이 눈에 들어왔다.

노루와 토끼가 뛰어다닐 것 같은 등짝을 가진 너는
대체로 조용했지만 늘 웃는 얼굴에 나긋나긋한 인상이었다.

출근하면 늘 아침 인사를 빼먹지 않고
팀원들 모두에게 하나하나 눈인사를 하던 그 모습.

언제부터였을까,
인사의 순서가 내게 돌아올 때를 기다리게 됐다.

그리고 네가 인사를 건네는 순간에

의식적으로 살짝 웃어 보였다.
지금 나 예쁘게 웃었을까?
약간 긴장한 채로.

일을 하느라 모니터를 쳐다보다
눈이 뽑힐 것처럼 피곤할 땐
너의 지리산 같은 등을 쳐다보았다.
그러면 이상하게도 편안해졌다.

작은 일에도 크게 기뻐하고 크게 놀라는
갈대 같은 심성의 나와는 다르게,
깊고 느린 물줄기가 흐르는 강처럼
온순하고 느린 표정과 말투를 가진 너.
그 잔잔함이 신기하고 부러워 관찰하곤 했다.
모든 평화가 다 저 등에서 나오는 건 아닐까, 생각하면서.

한번 툭툭 쳐보면 어떨까 싶기도 하고,
앞으로 약간 굽어진 것 같은데
조금만 뒤로 펴줘 볼까 싶기도 했다.

남의 등에 이렇게까지 지대한 관심이라니…
내가 외롭긴 정말 외롭구나, 싶었다.
무슨 등 페티시도 아니고
생각할수록 스스로가 엉뚱해서 피식피식 웃음이 샜다.

나도 모르는 새에 그렇게 되어 있었다.

사무실 내 자리의 시야를 가득 메웠던,
뒤로 살짝 기댄 채 둥글게 말려 있던,
너의 등이

어느 순간 내 모든 시야에
들어와 있었다.

2
라운드

기묘한 동거 시절
: 너희, 결혼은 안 하니?

10:00 PM

다른 날,
같은 시각.

또 삼촌(?)이 호출되었다.

헐…

…ㅂ

이거-

뭐라고 할 거야…?

톡톡

전 휘파람 불지 않았어요. 다른 집 같은데요.

조용-

…

…

5분 후.

카톡-

네.

휘파람 해명에 대한 집주인의 답변은 짧았다.

뭐야… 이게 끝?

ㅇㅇ 그런듯.

또 다른 날
10:00 AM

작업을 할 때도,

귀에서
피 난다
시바….

밥을 먹고
있을 때도,

심지어 똥 쌀 때도
윗집(집주인)의 연주는
계속되었다!

이대론 안
되겠어…!!

비록
세입자라고 해도

내 집에서
편히 쉴 권리는

지금, 만나러 갑니다.

아, 말했다.

보통은 미안하다고 하지 않나?

뭐, 뭐야.

뭐지.

할 말을 한 건데 이 찜찜함… 뭐지.

뭐, 알았다고 했으니까, 오늘은 그만하겠지….

그리고 예감은

…틀리지 않는다.

근데, 방학인데 우리 애도 스트레스는 풀어야죠. 안 그래요?

근데, 우리 애도 스트레스 풀어야죠, 안그래요 ? 근데, 우리 애도 스트레스 풀어야죠, 안그래요 ? 근데, 우리 애도 스트레스 풀어야죠, 안그래요 ? 근데, 우리 애도 스트레스 풀어야죠, 안그래요 ? 근데, 우리 애도 스트레스 풀어야죠, 안그래요? 근데. 우리 애도 스트레스 풀어야죠, 안그래요 ? 근데. 우리 애도 스트레스 풀어야죠, 안그래요 ? 근데, 우리 애도 풀어야죠, 안그래요 ? 근데, 우리 애도 스트레스 풀어야죠, 안그래요? 근데, 우리 애도 스트레스 풀어야죠, 안그래요 ? 근데, 우리 애도 스트레스 풀어야죠, 안그래요 ? 근데, 우리 애도

뭐.라.고?!

그리고 다시
시작된
지옥의 피아노.

내가 졌다,
시바….

현관문 닫기도
전에 연주라니….

주인집의 스트레스 해소(?)는 그렇게 밤새 계속됐다.

진짜 어이없지 않아?
애는 그렇다 쳐도,
아니 건물주가 아주
상전이지. 시바.

노발

대발

….

그게 그러니까
그거였나

어느 늦겨울, 우린 눈 내린 밤길을 걸었다.
지금도 생각난다. 그 평범한 아름다움이.

어둑어둑했던 길가에 소복이 쌓인 흰 눈에 가로등 불빛이 반사되어
어릴 적 갖고 놀던 반짝이 풀처럼 어설프게 슬쩍슬쩍 빛이 났고,
우린 발자국을 하나라도 더 많이 만들어 보겠다고
어깨와 등을 부딪쳐 가며 땅따먹기 하듯 걸었다.

공기에서는 겨울 냄새가 났다.
산속 오두막에 쟁여놓은 마른 땔감이 생각나는 냄새.

어릴 적 나는 이렇게 눈 오는 날 뭘 했더라?
밤거리로 뛰쳐나갔던 것 같다.
옹기종기 모여 눈사람을 만들고 있는 동네 애들 옆에서
눈을 뭉치고 굴리며 놀았다.

아빠가 사준 예쁜 분홍색 앙고라 장갑은 어땠더라?
가로등 아래 벚꽃처럼 여리여리했던 분홍 장갑.

"시바야."
판다가 나를 부른다.
돌아보니 내 그림자가 판다에게 닿았다.
하얀 눈 위에 진 그림자는 연노랑 빛이다.
눈 오는 날은 밤도, 그림자도 참 예쁘구나.

판다는 팔을 뒤로 하고 두어 발자국 가다 멈춘다.
뭘까. 왜 몸을 배배 꼬지?
평소답지 않게 머뭇머뭇 판다가 말했다.

"어떻게 생각해?"
"뭐를?"

"아니, 얼마 전에 나 집에 갔다 왔잖아. 근데 막 이것저것
물어보시더라고."

판다가 말한다.
"나도 생각은 있었는데, 넌 어떤가 해서."
"생각해? 뭘?"

판다는 눈 덩이를 발로 이리저리 굴리다 슬쩍 차며
다시 몸을 뒤척뒤척 배배 꼬며 내게 말했다.
"결혼 말이야, 너랑 나."

야근을 마치고 걷는 눈 쌓인 퇴근길,
앞에 가는 나를 불러 세우고 몸을 배배 꼰 이유.
주어를 쏙 빼고 더듬더듬 물어온 것,
생각은 있었지만 말하기 어려웠던 그것은,

바로
프러포즈였다.

요즘은,

노을이 너무 빨리 사라져서
해가 못 도망가게 묶어놓고 싶다.

해도 집에 가는데, 집에 들어와라 쫌~

내가 요즘
푹 빠져
있는 게
하나 있다.

판다야, 빨래 바구니
왼쪽엔 수건, 흰 티만
넣으랬잖아.

아~
맞다.

앞으로
신경 좀 써줘
….

바로 '정리'다.

그리고
다음 날.

곰탱이
생명
이나..

역시나,
또
쌓여 있다.

빨래는 색깔별, 용도별로 구역이 정해져 있고,

수건은 늘 각이 잡혀야 하고,

먹은 건 그때그때 치워줘야 하며

모든 물건에는 제자리가 있다. 설령, 그것이

백 번 신고 벗는 화장실 슬리퍼라고 해도 말이다.

반면 판다는,

퇴근 후
하루 종일 입어서

나 왔어~

밖에…
비 와?

이거
땀. ㅎㅎ

왔냐.

땀으로 홀딱 젖은 옷을

거따
왜 걸어?

왜긴,

말려서
내일 한 번 더
입어야지.

이친…

말려서 재탕, 삼탕하는 친환경주의자.

시바야,
왜 도통
안 먹어?

판다는
절대로,

에구, 아깝게.
줘봐.
내가 먹게.

배불러
….

잔반처리
개꿀.

이렇게
남기면 지옥에서
비벼서 먹인대~

'음식'이라면
절대 남기지 않는다.

시바야,
이 바지 봐봐.
구멍이
났어….

속상

어,
진짜.

옷은 또
어떠한가.

이거,
내가
버려줄까?

버리는거
좋아함

무슨 소리.
꿰매 입으면
5년은
더 입겠다.

정색

칫

아깝
….

청바지는
천이 삭을 때까지 버리지 않는다.

너저분….

언제 또…

아니
뭔 박스가 이리
많아…?

창고에
신발 상자가 가득 쌓여 있던 어느 날.

더러워서
신나게
버리고 왔더니,

그게 알고 보니 판다의
'박스 컬렉션'이었다.

그에게 박스란 도대체 뭘까.

신기한 것은,

2002년산
'붉은 악마 티'

버려도,
버려도,
뭐가 자꾸 튀어나온다는 것….

야, 그것 좀
다 갖다 버려!!
여기가 개미 소굴인 줄
알겠다!

몰로기
싫어!!

좋은 말로(?)
구슬리려고 해봤지만,

난 텐도
껍데기

불신의 눈초리

으.

왜, 아주 나도
갖다 버리지?

판다에겐 씨알도 먹히지 않았다.

부글 부글

좋아,
니가 그렇게
나온다면….

몰래 하나씩
갖다 버리면
되지!!

안녕

부글 부글부글

잘 가라.

결국,
나는 '가랑비에 옷 적시기' 작전을 택했다.

나 왔어~

그리고
다음 날.

장보는 中

퇴근한
판다는,

어,
왔어?

개반갑♡

고대로,

아주
내가 버린 걸 고대로 다시 들고 왔다…!

하는 수 없이,
판다의 수집욕을 인정해주기로 했다.

에라 모르겠다.

진짜,
상관 안 해.

…뭐 어차피
남의 물건이야. 그리고…

내 일도
아니고 뭐….

에잇, 모르겠다.

~이 바지
요거, 기부는
어때?

새로
사준대도?

안돼?

티는?

가방은?

그럼…
하나만
택한다면?

· · · ·

그냥 좀 궁금해서.
진짜야, 시바.

시바는 늘
무서워한다.
그것을.

바로,
돈벌레, 그리마.

어떡하지?!
뿌… 뿌려야 하나?
재한테??!

삼십분째
근처도
못 가고
방황 중….

…근데
막 날면
어쩌지?

시바야.
나 오늘 야근인 거 알지?
네가 어떻게든
해결해야 해~
파이팅!

미친
…

저녁까지
재랑 둘이…?

정신이
아득해진ㄷ….

두근— 두근-

꿀꺽

아냐. 진정하자.
난 다 큰 성견이야.
이딴
벌레쯤….

내 덩치가 못해도 수백
배는 더 크다!

챠카 챠카

까짓 거 잡을 수
있…!

F 킬라

그리마가 날아올랐다…!!

와,
개 놀랬어.
진짜….

그리마… 그동안
몰랐는데,

너,
몹시 공격적…ㅠ_ㅠ

바로 그때,

벨이 울렸다.

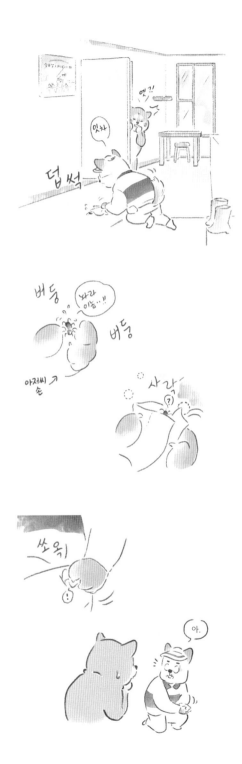

그건 그거고
이건 이거지.

지금부터
'만약에' 게임을 시작하지.

그리고 퇴근하고
들어올 때 딱~!!

왔어~

왔냐.

나, 밥.

윙?

"밥 차려"
라고 하는 거지.

아, 또 있어.

시바야.

때는 주말오후,

웨이이

난 TV를 보며
한참 청소하는 너에게 말해.

가서
물 좀 떠 와.

라고.

그래.

꼴꼴꼴

…그게
소원이라면,

자, 아~

아~

까짓 거
먹여
주지 뭐.

실컷.

꼴깍

꼴깍

실~컷.

꼴깍

꼴깍

쭈욱.

실~컷.

꼴꺽

꼴꼴꾸부르르룩

꼴깍

?!!

물 먹게 해줄 수 있어요.

그래…

…자

내가 잠깐,

달콤한 꿈을 꾸었구나….

이상하네, 이상해.

냉장고를 열어보면….

가지런히 포개진,

음식물 쓰레기가
늘 한가득
있다.

이거 혹시 수집 하는 거니…?

한가득~

음식물 음식물 음식물

음…!

그, 그치만…!! 우리 집 앞 음식물 쓰레기 수거함은….

큭…

빅

슬금…

?

XX동, ○○kg 입니다.

이거 누르는 거 맞나?

너무… 그러니까 너무,

덜컹!

왜액 액 앵!

꼬악

날파리들이 너무 용맹하단 말야….

그냥, 해주기로 한다.
(앓느니 죽지….)

우리 집에,

또 한파가 찾아왔다.
(엘리베이터 없는 건물 6층에 살고 있음)

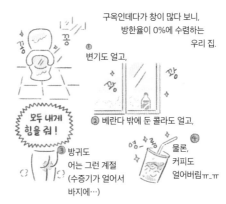

구옥인데다가 창이 많다 보니,
방한율이 0%에 수렴하는
우리 집.

① 변기도 얼고,

② 베란다 밖에 둔 콜라도 얼고,

③ 방귀도
어는 그런 계절
(수증기가 얼어서
바지에…)

④ 물론,
커피도
얼어버림ㅠ_ㅠ

얼 수 있는 건 다 얼었는데,

이런 날씨에 물이라도 떨어지면,

다른 건
다 참아도,
목 마른 건
진짜 못 참는데…!

물이
없네
…?!

생존 필수템이라 존버 불가능.

나가기
싫지만…

하는 수
없지….

사 오는 수밖에….

(영하 26℃)

작년에 안 추웠던 거 서운할까 봐,
진심을 담아 펀치를 날리는 시베리아 씨…

이렇게 북서풍 싸대기를 맞다 보면
갑자기 고향 생각이 난다.

추운 겨울날,
학교가 끝나면

밝은 이미
설원 그 자체.

그리고
담담하게
눈길을 헤쳐 나가는 친구들.

친구들은 마치…

당장 더 내리지만 않으면 괜찮아.

발 닿을 때 가라.

파묻히기 전에 하산(?)해~

?!

말년 병장 같은 노련함을 보였다.

눈이 여기서 더 온다고?!

부시럭, 부시럭~

?!

저기, 지금 뭐 하는 거야…?

어?

뭐 하긴! 언덕 썰매 타야지.

이거 갖고

까 까

너도 하나 줘?

여기 포대 많아~

언덕이 생겼어??

일?

갑자기 눈썰매장 분위기?!

※ 학교가 산과 언덕에 둘러싸여 있음.

와, 진짜 얘네…

두근~

두근~

됐어, 이거면 충분해.

가자.

여러 장 깔까?

아, 응.

끼고 싶다.

뭐해~

눈 녹으면 속도 안 난다.

진짜 돈 없이도 잘 노는구나….

역시,
강원도 원주민들은 강했다.
(원주시니까 원주민…ㅋ)

이 정도 외풍이면 야외 취침 하는 수준 아닌가…?!

너무 추워서 이를 악물고
웅크리고 자곤 했는데,

놀라서 서둘러
병원에 가봤더니,

뭐 별거겠냐
했는데,

별거 아닌 게
아니었다.

나, 이제 깨달았어.

(반도의 흔한 구들방 조지기.jpg)

ps. 그리고 판다는,

밤새 화덕에 구워지는 꿈을 꿨다고 한다…ㅋ

방구석에서
뭐 해?

시바랑 산책 가자~

시작은 언제나,

사소한 똥고집부터다.

이
거
보
고
마
저
싸
우
자

맨날 지 말이 다 맞대.

평소라면, 싸우기 싫어서

이게 '그럴 일'이냐는 말에

이럴 테지만,

울컥, 불편한 감정이 터져 나온다.

내가 무슨 말을
더 하냐.

미안하지 않은데 미안해하는 상황.

이럴 땐,

· · ·

나, 아까
화나지는 않았어.

근데,
짜증낸 건
맞아.

다시 처음으로
돌아가서

이 정도는 말이 오가다
투덜댈 수 있었나 봐.
근데 판다가
정색해서 좀
서운했어.

솔직히,

그래서
미안하진
않아.

솔직하게 얘기한다.

···그런 거
같더라. 솔직하게
말해주니 낫다.

그러니까 우리, 억지로
사과하지 말자.
솔직히 별일 아닌 걸로
이러면 시간이
아깝잖아.

비
장

아까
내 말이
그건데.

무엇보다,
싸움은 드라마 시작 전에
끝내는 게 중요!

시답잖은

말싸움이었으니···.
그리고,

중요한건
이거엘!

어···. 응.
그래.

일단 지금 <구해줘
홈즈> 할 시간이니까,
이거 보고 얘기해.

핏

라고
합니다.

결론: TV 보고 나서 마저 싸우는 걸로.

한번은
이런 일이 있었다.
장을 보고
엘리베이터를
탔는데,

아무래도
날 부르는 걸 못 들었던 모양이다.

꽤 충격을 받은 나는, 괜히 그날 입은 옷에다 화풀이를 했다.

그런 일이 있었다니까.

약간… 털털한 숙녀지.

그래. 아직 나는,

그러게.

숙녀다.

숙녀다.

나의

순정이…!

숙녀는
아닌
걸로.

음식물 쓰레기가… 꽉 찼다!

⭐ 퀘스트 발생.

판다야
아앙~

엇,

아직
일하고
있었네?

···

이야~

헐!

근데 이거 네가
다 한 거야~?!
이야…

쫌 대단한데에?!

어느 날,

판다네 부모님과 함께 점심을 먹기로 했다.

식당 주차 문제로 같은 곳을
뱅글뱅글 도는 중이었는데.

성미가 급하신 아버지가 걱정됐는지
판다가 같이 내렸다.

조용~

···

어···

차 안에···

···

꼬꼬

어머니와 단 둘뿐 ···!!

어색해 죽을 것 같아···!!

일단···

콜

두근

두근···

뭐라도 얘기를 ···!!

깜짝

···얘, 시바야~

앗, 네!!

근데 너희…

결혼은

안 하니?

…?!

깜짝

에,
그,
결…

결혼
이요??

오메.

동거, 너무 오래
가면 좋을 게
뭐 있겠니.

나는 둘이 좋다면
식을 올렸음 해.

네 생각은
어떠니?

아 맞다 밥...

뭐라
해야 할까.

짝

그건
마치….

짝

쿵 쿵…!

으아…

쿵…!

뽀각…

견고하던
나의 벽이

쩌적

쩌적

파 악 (빠각)

시바야!

순식간에 뽀개진 느낌…!

돌아가는 길

삑

· · ·

판다야.

―?

왜?

오빠.
···어머니가 우리 얼른,

결혼했음
좋겠대.

들었어?

난 솔직히,
결혼….

전혀
고민되지 않아.

나도 알아.

부담일 수
있다는 거.

그런데 있지, 난….

너랑 같이
늙어가면

늙는 것도 어쩌면
괜찮지 싶어.

서로 늙는 것을 구경하며,

함께 사는 것도 괜찮지 싶어.

'우리'의
생각…

불안하게 뛰던
심장이,

눈 녹듯이 가라앉았다.

그렇게
가자.

비교적 젊고 자유로운 분위기의 회사에 다녔던 나.
그 화목한 청춘 솔로 집단에서
어느 날 기혼의 신호탄을 발사하는 첫 타자가 나왔다.

재직 3개월 차에 직원들 이름도 헷갈려 섞어 부르며
뻘쭘하게 과자와 청첩장을 돌리는 스물아홉의 나였다.

동료 직원들부터 팀장님과 대표님까지
토씨 하나 안 틀리고 같은 질문을 내게 던졌다.
"결혼하면 좋아요?"

그래서 난 이렇게 답했다.
"똑같아서 아직 모르겠어요."

진짜다.
분명 결혼은 인생의 큰 분기점일 텐데,
나는 차이가 잘 느껴지지 않았다.

아침에 눈뜰 때부터 저녁 때까지 같은 사무실에서 복닥거린
4년,
같은 건물 위아래층에서 각각 자취하던 1년,
함께 전세금을 모아 동거를 하며 각자의 회사를 출퇴근하던
2년.

긴 시간을 함께 팀처럼 움직였지만
돈 관리도, 아침을 챙겨먹는 일도,
집안일을 하는 것도 각자 해와서일까?

다들 이런 내 얘기를 들으면
고개를 갸우뚱하지만, 정말인 걸.

그저 함께 모은 돈으로
식을 치르고 여행을 다녀오는 것이 전부였다.

강을 건너도 되는지 아닌지,
건널 만한 가치가 있는지,
또 건너편의 경치는 어떤지,
우리도 그땐 몰랐다.
그냥 건너기로 했고 건넜을 뿐.

건너온 곳은 딱히 다르지 않았다.
어제의 일상 그대로 오늘이었다.

그 잔잔함이 좋았냐고 물으면, 사실 좀 아쉬운 건 있었다.
남들은 신혼이면 깨가 쏟아져서 그걸로 참기름을 만들
정도인데,
우린 8년을 볶은 덕에 더 이상 남은 깨가 없었기 때문이다.

그렇지만 그렇게 오래 우린 덕에
갓 우린 차에서 우러나는 쓴맛은 없었다.

신혼여행을 마치고 공항에 발을 디디던 순간,
이제 다시 현실에 발바닥을 딱 붙이고
살아내야 한다는 생각에 잠시 서글퍼졌지만
평일 한낮의 햇빛에 길게 드리워진 그림자가 둘인 건 조금
좋았다.

집이든 밖이든 늘 내가 남긴 밥이나 음료를
께름칙해 하지 않고 깨끗이 먹어주는 그의 모습이 좋다.

다른 사람에게 날 '아내'라고 소개할 때
살짝 어색해하는 목소리도 좋다.

내가 좋아하는 너와
하나인 우리가
되어가는 게 좋다.
마치 밥 먹고 드러눕길 좋아하면

뱃살이 두둑이 붙는 자연의 이치처럼,
천천히 마음에 스며들었디.

밥 먹다가 싸우고, 텔레비전 보다가 싸우고,
같이 있는데 왜 계속 저기압이냐며 싸우고.
기념일인데 나를 더 챙겨주지 않는다고 싸우고.

눈 마주치면 으르렁대는 야생 늑대마냥
새벽까지 하울링 하듯 달려들어 싸우기도 했지만,

결국 우린 기회가 될 때마다 서로에게 힘껏 부딪히며
각자가 가진 울퉁불퉁한 모서리를 바삐 갈아냈다.

가끔씩 자기 전에 생각해본다.

정말 결혼해서 좋은지,
결혼이란 게 할 만한 것인지,
한 것에 후회는 없는지,
다시 돌아가도 또 이 사람을 택할 것인지.

알고 있다.
'만약에'로 시작하는 질문에 답은 끝이 없고,
'하고 싶다' 와 '하고 있다'는 다르다는 걸.

결혼 초기에 비해
우릴 둘러싼 많은 것들이 달라졌지만,
똑같은 것도 있다.

남편만큼은,
그 차갑지도 뜨겁지도 않은
미지근한 애정을 꾸준히 내게 준다.
자기 전에는 '잘 자'라고 인사하고
들어올 때는 '나 왔어'라고 인사하는 것.

'점심은 잘 먹었어?'
'별일은 없어?
'오늘은 어땠어, 잘 지냈어?'

늘 하던 인사말을 반복해서 해주는 너.
덕분에 어제와 같은 오늘이 된다.

"결혼하면 좋아요?"

이 어려운 질문에 소심하게 답해본다.

"예전에도 좋았고,
지금도 좋고,
앞으로 좋을 것 같아요"라고.

죽었나

대체 몇 시간을
자냐…

살아는 있는 거냐 시바?

하수구에 뒤엉킨
머리카락

시바가 씻고 나오면,

언제나 그렇듯…

화장실이 개판이 되는 MAGIC.

물… 물이

습하고 더워…!!

그래… 일단은

이 시바 새끼가…

배수구 뚜껑을 열고,

엉킨 머리카락은 변기에 흘려 보내준다.

… 그래도 안 빠진다.

결국,

손으로
일일이 쏴아
물을 빼냈다….

시바야.

왜?

너랑 내가
함께 산다는 것은,

머리… 싹
밀어볼 생각 없니?

배수구 속에 뒤엉킨
머리카락을 빼주는 건가 봐.

왜 일은,
해도 해도

안 줄어들지….

지들이 스스로 막
불어나나?

다 치웠다, 시바.

판다도 이제 운동 시키려구.

돈 안 들고,
땀 안 나고,

집에서 할 수 있는 걸로.

2014년
어느 가을날.

이제 슬슬
알아봐야 할 것
같은데.

뭐,
그치….

으음—

성당은
어때?

…?

성당?

ㅇㅇ,

종이 막
울리고

댕
그
렁

이 두 사람의

신부님이 거룩하게
주례사 해주시는
… 그런 거??

혼인을…

ㅇㅇ.

…
그러니까,

마치
'프린세스
메이커'

와

와

엔딩 같은
예식이네…?

그렇지
~

뭐야… 사실은 시어머니의 지시인 거…?!

성가대의

아름다운 하모니,

그리고
오색 빛으로 반짝이는 스테인드글라스.

가을 단풍에
물든
성당은
아름다울 거야.

…그리고
무엇보다,
하객이
적은 결혼이

가능하지.

…!

판다는 '스몰 웨딩' 카드를 꺼냈다!

평소 걱정이었던
하객 얘기를 들으니,

너, 회사 옮긴지도
얼마 안 됐고… 솔직히
부를 사람 얼마 없잖아.

헐~

듣고
보니
그러네.

손 외동+ 프리랜서

갑자기 현실감각이 확 돌아왔다.

음, 그럼 일단
방문해보고
고민해볼까…
판다 말대로
급할 건
없으니까.

12번

12번

12번!!

으이구

앗,
네…!!

눈 떠보니,

성당 추첨고

…
바구니에서
쪽지를
하나
집으세요.

진행

무서워…

…네.

우린
성당에 있었다.

뽀…
뽑는다…?

운명의
숫자는

바스락

12번
…!!

뽑았으면
절
주세요.

아, 네….

음…

…뭐지, 좋은 건가?

10월 19일, 24일,
2월 8일이네요.
고르시겠어요?

오~

오.

고를 수 있다, 날짜를…!!

우리는 비교적,

넌 언제가
좋아?

소르...

어…
10월이
낫겠지?
아무래도.

조용히 평화롭게(?) 고르고 있었는데,

8번 커플

중얼
중얼

안절
부절

주위를
둘러보니,

이게 뭐야…
한여름에 드레스 입게
생겼잖아.

※ 주로 신부가
속상해함….

짝짝...

자기?

이 날짜는
싫어…
바꿀래. ㅠㅠ

22번 커플

제비뽑기란,

빠꾸 없는 일장일단의
지옥 룰렛 시스템이었다…!!

심지어 울면서
뛰쳐나가는 분도 있었다….

지금 여기, 섭섭하신 분들도 있다는 거 압니다. 그런데,

우리 성당은 국내에서 가장 먼저 지어진 국가 유산으로서, 벽돌 하나하나까지 모두 문화재입니다.

그 귀중한 가치를 인지하고, 축복의 혼인성사를 치르시길 부탁드립니다.

마지막으로, 추첨 날짜는 접수처에 전달하시기 바랍니다. 이것으로 혼배 미사 예약을 마치겠습니다. 감사합니다.

우리도 이제 가자.

소근..

어, 응.

번호표는 접수처에
전달 바랍니다. 가시는 길
조심하시고요~

끝…?
인가.

얼떨떨하고 정신없는 와중,

근데…
이렇게
막 그냥
정해도 되는 건가?

…야.

심장 소리가 들린다.

…바

나, 어쩌면 더
신중했어야-

시바야.

점점 더 크게 들린다.

심장이 불안하게 뛰던 그 순간,

바로 '여기'라는 걸 알 수 있었다.

역시
난
네가
좋겠어.

어쩌면,

흐르는 대로 가도

괜찮을지도.

끼익~

그럼,
그때까지.

…
잘 부탁해.

탁~

또 보자.

우리의 작은 성당.

3
라운드

결혼이라니, 결혼이라니!
: 나를 믿는 너를 믿어

아니, 하루가 그렇게 좋아?

그럼~
당연히 좋지.

오~
얼만큼?

음….

만약에,

하루가 어딘가
약해지거나 아파서
장기기증을 받아야
살 수 있다고 한다면….

… 갑자기??

그럼 난,
간이든 콩팥이든 떼어줄 것 같아.

이야…

… 대단한데?

야, 이 씨….

아니야 일단 오늘은

오늘도 백수답게

대낮부터 누워 있었는데,

시바는 정말로-

병원 가는 걸 귀찮아한다.

쉬이이··

강아지를
키우다 보면,

한 시간에 쉬야를
네 번을 싸다니.

슥-   슥-   울끄렁-

생각보다 허리 굽힐 일이
많아지곤 하는데

똥 싸쪄요~
그래쪄요~
오구오구 이뻐요~

낮엔 그런대로
괜찮다가,

둥기   둥기

···

어?
배변패드가 다
떨어졌네.

텅-

채워 넣어야
겠···

윳샤

삐릿!

깍!

밤이면 갑자기
아프댄다.

이런 건
폰뿐이 아니다.

컴퓨터 역시 고조 할아버지급…!!

결국, 나는 폰을 반강제로 바꾸었다.

어때? 바꾼 소감이?

이건 마치…

파도 거품 속
에서 태어나

모래를
처음 밟는

비너스를 조우하는 그런 느낌?

음… 그게?

처음엔 진짜 별 생각 없이
들고 다녔었지.

버스안 →

흘끔

학생~
그 폰은 어디
거야~?

엇..?

학생 거야?
그건
기종이
뭐야?

이때 학생 아니었어서 기뻤음ㅋ

신상폰이야?
못 보던 거네~

아, 요즘 거
아니에요.   나온 지 좀 됐어요.

근데 사람들이,

어머,
정말?
얼마나?

한…
7년?

막상 기대를 저버리고 싶지 않달까…?
아니면,
캐릭터를 유지하고 싶은 욕망…!!

…아쉽냐고?

마치
없었던 일처럼 개운해.

결론은,
가끔은 바꾸는 것도
좋다 이거예요.

물론 이제,
아무도
관심을
주지 않지만—.

바꿔야 할 때는 그냥 적당히 바꾸는 걸로!

아!

그리고
허리 디스크
있으신 분들,
도수치료 꼭 받으세요!

확실히
덜 아픕니다.

※광고 아님

물론,

도수치료
개
아픔…
ㅠ_ㅠ

살려
주세…!

숨
쉬세요~

앗… 네, 네!

같이
눕자

난 주로, 앉아 있기보단…

기회 될 때마다 누워 있는 편이다.

눕는 게 좋은 건,

얘도
마찬가지인가
보다.

기를 쓰고
절대 안 떨어지려고 하며,

내 등에서
로데오를
즐기는 것이다.

요상한 점은,

판다 앞에서는 급 착한 척을 한다는 것이다.

가끔 판다가 집에 없을 때도
있는데, 그럴 때면-

꿈쩍을
   안 하다가

나도 포기다.

판다 앞에서는 세상 순둥이,

난 전혀…!

단란한 산책을 마치면,

나… 이렇게까지
해야 하나… 싶으면서도,

드실(?)
물을 갖다
바친다.

비비적대다가,

품에 머리를
파묻는다.

감동…!!

스트레스를
받거나 피곤할
때면,

늘 내 옆에 있다.

모르는 새에
의식하지 않아도,

공기처럼
늘 함께 있다.

내가 네게 익숙해진 만큼

너도 내게
익숙해졌나봐.

…그러니까,

그러니까, 그걸로 됐어.
그치, 하루야? (방귀 빼고.)

어째서 강아지는 늘 주인만 보는 걸까?
주변에 장난감이 다 널 위해 널려 있는데.

또롱 또르릉 방울 소리,
도로로로 탱탱 굴러가는 공 소리.

아보카도 맛이 나는 초록색 개 껌,
두 가지 맛을 섞은 닭고기 연어 사료.

푹신하다고 소문난 마약 방석,
100% 방수를 자랑하는 7만 원짜리 쿠션.

다 널 위한 건데, 넌 나만 본다.

까맣고 동그란 눈으로 나를 쳐다보고
발걸음마다 탁탁 소리를 내며
내 허벅지에 앞발을 슬며시 걸치는 너.

개들에게도 사생활이 있긴 할까?
내가 없는 세상은 너한테 어떤 의미일까.

곰 인형 같은 새까만 발바닥으로
사방을 쫓아 댕기며 CCTV처럼 따라 붙는 너.

어느 날은 부담스럽고
어느 날은 사랑스럽다.

습기 가득한 무더운 날에
굳이 뜨거운 궁둥이를
내 몸에 바싹 붙이고 있기도 하고

아침이면 내 침대가 보이는 거실 구석에서
내가 일어날 때까지 눈으로 레이저를 쏘며

풍선 바람 빠지는 소리를 내뱉는 너.

어떤 때는 그 사랑이 너무 대단해서
네가 꼭 나를 위해 존재한다는 기분까지 든다.

좋아하는 간식을 굳이 내 무릎 사이에 던져놓고
토끼처럼 앞발을 들어 무릎에 깡총 뛰어드는 모습이,

배를 만져주면 껌처럼 한껏 늘어져 기지개를 켜고
맛있는 간식은 쿠션 밑에 두 발로 꼭꼭 숨겨놓는 모습이,

귀엽다는 말로는 부족할 만큼 귀엽다.
마치 귀여우려고 태어난 것처럼.

저를 보라고 소파에 올라가
기웃대는 고갯짓도 귀엽고

뽈록 나온 분홍색 배에 가득한
갈색 반점과 몰캉한 발바닥도 귀엽다.

너와 함께하기 전엔 몰랐는데
적당히가 없는 사랑도 있구나.

처음엔 내가 너무 오버한다고 생각했는데
지금은 네가 없음 안 될 것 같기도 해.

그러니까 하고 싶은 말은,
귀여우니까 다 좋다는 거다.
전부 다.

말할 때 주어가 없다.

나 말고
하루 말하는 건데
…?

앗

왜?

나 살 쪘어?

앗,
갑자기
배가

오빠

황급히
도주

종종
나를
함정에
빠뜨린다.

지금부터 질문을 시작하지. ☆

끄응

시바의 생리통이 심했던 어느 날.

괜찮아?
내가
약 좀
사다줄까?

아님 뭐
다른 거
필요해?

걱정
걱정

끄응…

끄응…

끄응…

어,
알았어.

뭐… 그…게
있음 좋긴 하지.

알았어.
내가 나가서
필요한 것들
좀 사 올게.

후다닥

낑…

녀석.

그래도
남편이라고
챙기네…?

그래도 아플 때 이렇게 챙겨주는
남편이라,

응...

뭐,
나름
괜찮은데?

십여 분 후,

짠~
사 왔어.

자,
확인해봐.

그가
사 온 것은

헛
...!!

이것은
...!!

다량의 '팬티라이너'와 약이었다.

아~ 부끄러워서 혼났네.

혹시 부족할까 봐 넉넉히 사왔어~

· · · ·

결국, 다시 바꾸러 갔다.

처음부터 좀 자세하게 말해 달라고…!

전부, 전부 팬티라이너!

(일반 생리대와 팬티라이너의 차이를 모르는 상남자.)

그래서,

…주어가 뭐 어쨌다고?

어…

아니, 그냥 사랑 한다구….

담요 걸쳐

주어 따위….

저는, 진짜로! 행복합니다.

누구야.

누가
내 머리
먹었냐?

하루는,

오,
나왔다.

똥을 싸고
나면

억, 이거
반숙이야.

* 반숙이란?
형태는 고체이나,
내용물이
반액체인 상태.

갑자기 신이 난다.

똥만 싸도 행복할 수 있다니, 부러운 놈.

처음에 개 산책을 시킬 땐,
여유로운 내
모습을 그렸는데
(일상에서 영감을 얻는 그런
느낌적인 느낌)

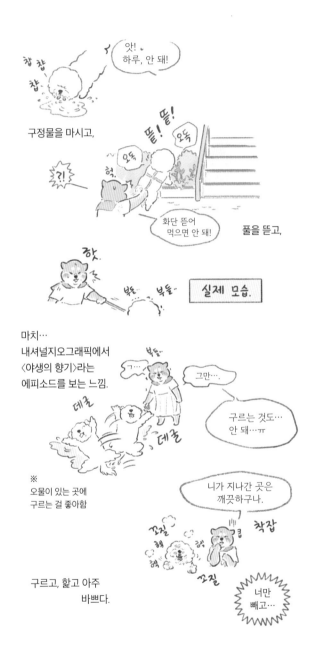

구정물을 마시고,

풀을 뜯고,

마치…
내셔널지오그래픽에서
〈야생의 향기〉라는
에피소드를 보는 느낌.

※
오물이 있는 곳에
구르는 걸 좋아함

구르고, 핥고 아주
바쁘다.

근데 목욕은 싫음.
(크르릉)

다 됐다~

그래,
그래.

개 싫음.

다
됐다~

씻기고,

기다려.

쓰읍,
안 돼.

말리고,

하루가 귀찮아하는
빗질까지 끝내주면,

아~ 이쁘다.
끝났당~

또 다시(?)
급 행복해진다.

행복해진 하루가
제일 좋아하는 건,

바로
쓰레기통
뒤지기.

꼭 나 보란 듯이
앞에 와서 떨굼.

야익, 이거
지지야,
지지! 안 돼!

과장 조금 보태서
휴지 천 개는 끄집어
낸 것 같은데,

자꾸
꺼내지
말랬지!

늘 몇 개 더 물고 있음.

야… 일단
그것부터
내려
놔.

···

···

지지야,
지지.

에비~

뭘 맨날 그렇게
물고 다니는 건지!

그리고, 하루는
(나보다) 빠르다.

하루랑 실랑이 하는 거야
뭐, 늘 있는 일이라
괜찮은 줄 알았는데…

오늘 나는 '극대노'를 해버렸다.

#개폭주 #유리멘탈 #개빡침

오늘은 그냥 안 넘어간드아…!!!

이럴 땐
결국,

죽살로 만든 매로 소파를 대신(?) 혼내준다.
(소리만 크고 타격감 제로에 수렴하는 쉐도우 맴매)

그래도 안 나옴.

이러면
나라도 안 나오겠다….

간식…?

나와
줘…

하루야
간식? 간식
줄까?

※ 이러면
훈련에 좋지
않습니다.ㅠ

그제야 기어나온
하루는,

몸 한번 털어주고,

간식을 물고 나를 가로질러, 도주.

그러면 나는 떨어져
있는 휴지를 주우며

개 키우는 보람(?)을 느…낄 수 있다.

가끔은 이렇게 모자란 주인이
개를 키우는 게 맞나 싶기도 하다.

그래도,

하루도 좋아하고
나도 좋아하는 게
있다면—

아무런 계획 없이,

함께 빈둥대는 것이다.

같이 자고,

같이 먹고,

※물론, 사람의 음식은 주지 않음

같이 싸고 싶어 하는 너.
(기승전똥)

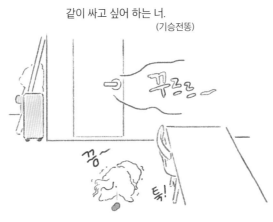

꼭 내가 쌀 때 지도 싸놓음.

그리고 시작되는… 선물~!

그때,
나는 처음 알았다.

똥꼬는 O → ✹
(카메라 렌즈 같은)
'전방위 확대'형이 아니라,

O → 🔲 상하
개방

수직으로 개방되는
엘리베이터 느낌이라는 것.

눈앞에서
라이브 똥꼬쇼
라니…

아무리
귀엽다
해도
이건
…!!

옥..

귀엽잖아…??

꺅♥

끄응!

톡

이런 것까지
귀여워하다니,

찐사랑이 맞나 보다, 나… (아님 변태든가.)

독해.

물론,

귀엽다, 귀엽다 해도
똥냄새는 안
귀엽다.

똥 싸느라
고생해쪄~

부비

부비

희희

그래도…
이 정도면
우리는,
사랑인 게
맞는 걸로—.
그치?

알고 있다.
　　난 지금….

일하는 게 아니라

일하는 척하고
있다는 것을.

…슥…

…슥…

…

똑또로~..로

으으….
아무것도
생각 안 나.

으…

벌떡

혹시 나,
너무 더워서 그런가
??

그래,
맞아.

차르륵~

더우면
뇌가
안 돌아가지.

환기,
환기….

근데,

정신이 너무 많이 돌아옴.

결국, 각종 부작용으로 집중 실패.

잘 가라앉지도 않는다.

재봉틀이 되면 이런 기분일까…?

증상 3: 다리 떨기 무한 반복

산책하면서 잘
생각을 한번….

좌
좌
찰
착
착
??
오두
방정

틀렸어.
생각을 할 수 없다!

개가….

결국, 집에 오니,

헉

개가,

개가
사람
잡네.

헉

탈
탈 탈

개상쾌

헉

완전 기진맥진.

틀렸어, 난.

완전기절.

머릿속이… 완전히 백지다.

어릴 땐,
안 이랬어.

큼…

생각을 그만 하고 싶어도
늘 잡념으로
시끄러울 정도였는데.

…머리가
늙어버렸나?

야, 야.

데카르트 형님이 그랬지.

'나는 생각한다.
고로
존재한다'고.

근데…

판다야.

…생각이
희미해진다는 건

존재 자체가
희미해진다는 걸까?

내가 점점…

희미해진다.

안 통하네, 젠장….

그리고 판다는 냉정했습니다.

결국 다시 책상에
강제 어송,
아니 다시 앉습니다.

이러다
언젠가는 팟! 하고 떠오르…겠죠, 언젠가…? (제발)

팟! 하고…

뭐… 언젠가,
언젠가.

결혼이라니, 결혼이라니!

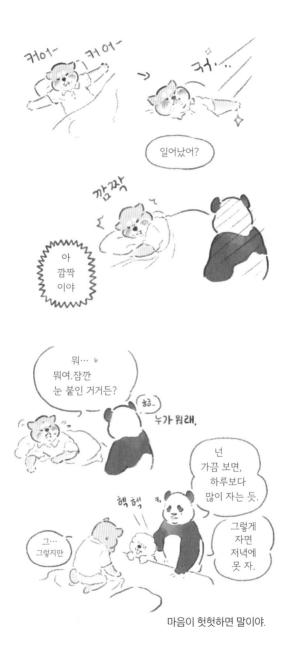

마음이 헛헛하면 말이야.

돈이 쓰고 싶어진다. 돈이.

돈이… 쓰고 싶다.

날씨가 쌀쌀해지면, 역시
돈이 쓰고 싶다.

계속되는 정신 교육.

그러나,

이것 참 곤란하네, 곤란해.

어쩔 수 없네, 어쩔 수 없어.

※ 이럴 땐 그냥
몰래 버림

아-아.

어째서일까.

어째서 돈은 항상
쓰고 싶은 거지?

갖고 싶은 게
없다는 건
뭘까?

후…

좀
나가라

물욕을 줄이기 위해
가계부도 써보고,

…
이걸 내가
다 썼다고?

※ 엑셀 같은 건 쓸 줄
모르는 아날로그형 인간

미니멀리즘 다큐를
찾아보기도 했지만,

소비는
불안
이다.

?

그게
노력인가
…?

지하 암반수처럼 가슴
깊이 꿀렁거리며
올라오는-

이 소비욕…!!

이 세계엔 카드와
나, 오직 둘뿐.

택배 박스를 뜯는 순간만큼은,

드디어…!!

헉 미친…!!

평소 절대
못 드는
공주풍 손가방.
(아직도 미 착용 ㅠ)

크리스마스 선물을
받은 어린 소녀가 된 기분.

그리고
들키지 않으려면,

중요한 것은
신속한 '은닉'이다.

난
천재야…!

결혼 전에는,

이럴 수 있었는데.

결혼하고 나서는,

대항할 명분이 없다.

쇼핑을 나가도,

판다는 언제나

가격에 매우 진심인 편.

좋은 건 같이 해야 되니까,

어깃장을 놓아 강매를 시킴.

목이 늘어난 티셔츠,
보풀이 가득한 스웨터,
발목이 우는 양말도
버리지 않는 판다.

그런 판다지만,

데이트 할 땐 이랬다.

사치스러운 데이트를 바란
건 아니지만….

알고 있겠지만,
우리 둘,
여유가 조금
없는 편이잖아.

일을 하고는 있지만,
너랑 나랑 둘 다
아직 연봉도 낮고.

저축해둔 것도
사실 한계가
있기도 하고.

소박하게
준비한다고 해도

아무래도 결혼은
결혼이니까.

돈이 들어갈 데가
많을 거야.

음..

부모님께 기대지 않고 우리 힘으로 해야 하니까.

준비 과정이
설레기만 하진
않겠지.

어느 정도 각오는
하고 있어.

그래도,

결혼반지만큼은… 꼭
다이아몬드로 해주고 싶어.

그리고
될 수 있으면,

예쁜 웨딩드레스
입고 사진도 찍고,
여행도 다녀와야지,
우리도!

그 뒤로,
우리는 정말로

웨딩
스냅을 찍었고,

드레스를
함께
고르고,

※ 갑작스러운
미화 주의

메이크업도,
신혼여행
경비도,

모두 우리 손으로 해결할 수 있었다.

나에 비해 감정이
둔한 건가 싶어서 서운하게 생각했는데,

그게 아니었다.

단지, 다른 방법으로
사랑하는 것일 뿐.

판다야, 좀만 더
잡아 당겨봐.

이…
이렇게?

밀어-
그렇지.

그것뿐이었던 거다.

다 넣자, 이거.

그러니,
잔소리 그까짓 거-

야,
이 소리
설마…

이거,
택배…

쫌 들어 주면서
살지 뭐.
들어 주면서.

…

난 절대로,

판다가 잘생겨지길 바라지 않는다.

고래 배에 달라붙은
게딱지처럼, 같이 가는 거지.

??????????????

결국,

손이 먼저 나가더라고…?
그런데,

그래서,

이렇게 된 것이지.

시바야, 날 봐….
나 이제 삼십 대 후반의
배 나온 아저씨야.

후~

뭘 걱정하는지는
잘 모르겠지만….

내가 이런 걸
직접
말해줘야
되겠니…?

지금보다 더 젊고,
날씬하고,
머리숱 많았을 때도
별일 없었단다.

어…응.

그런가…??

…그리고
나 좋다는 여자가 혹시나
생긴다면,

생긴다면…??

딴 생각 안 들게
발로 뻥~
차버릴게.

확실하게 ♡

그건
안 될 것 같은데요.

고소당할 걸.

진지~

진지~

그건 됐고….

됐고?

바지에
똥을 싸도록 해.

…··?!

설사똥으로.

그녀가 보는 앞에서.

극적 타결로 미래 똥싸개 예약.

속으로 조용히
욕하는 유부 판다였습니다.

어차피 인생은 혼자라지만, 나는 관에 들어 갈 때 혼자이고
싶지 않다.
무슨 말도 안 되는 소리냐고 하겠지만, 진심이다.

하루가 다르게 손가락에 살이 찐 판다는
더는 커플링을 낄 수 없지만
난 혼자서 매일 반지를 낀다.
안 끼면 괜히 허전하고 그래서.

어느 날 잠자리에 들 때, 내가 커플링을 빼며 말했다.
"'한날한시에 같이 잠들다'라는 말,
진짜 로맨틱하지 않아?
그럼 저승도 손잡고 간다는 건데,
내가 길치니까 오빠가 가이드 해주면 되겠다."

판다는 말했다.
"저승에서도 길은 내가 찾는 거니?"

관은 더블? 아니 킹 사이즈로 짜야지.
오빠가 좋아하는 피규어랑, 디즈니 콘셉트 북이랑,
나도 넣는 거지.

인생 혼자라지만, 난 세트로 살다가 가고 싶다.
이상하다고 해도 그게 좋다.
영정사진도 세트로 하고 싶다.

무슨 말도 안 되는 소리냐고?
그래도 나는 그러고 싶다.
엉뚱하다고 하겠지만 난 그게 좋아, 정말로.

씻기고,

놀아주고,

빗기고,

재우고,

이제 좀 한숨 돌릴 때쯤일까.

아주 둘만의 세상이다….

한낮에
집에서 작업을 하고 있으면

허연 게 쑥 하고 올라온다.

하루다.
우리 집
귀여움 담당.

어우! 사료 냄새...

들린다.
그녀의 거친
숨소리가.

야.

그만해

책상 다
없어지겠다.

강제 리폼 하는 中

갑자기 도주했다가

다시 돌아올 때면,

개 껌을 나에게 헌정한다. (뇌물인가?)

애써 무시하고
있으면,

한숨을 쉰다.

※ 정말 이렇게 한숨 쉼.

그리고 한 바퀴 턴을 하고,

벽에 붙어 잠을 청한다.

하루는 왜 노상
사람한테 붙어 있으려 할까.

얘도 나처럼
자주 마음이
헛헛한 걸까?

원래 개들은
사람보다 많이 잔다던데,

지가…
심심하다는 걸

엄청
어필하고
있네.

하루는
아침잠도 없다.

※ 잘 때는 임시로 구역을 나눔

야… 조용히 해~ 나 좀 자자.

애써 모른 척 자려고 다시 누우면

잠시 쳐다보다가,

...

결국 한숨 쉬며 엎드린다.

최대한 코가 밖으로 나오게 들이밈.

내가 어딜 가든

졸졸 졸

졸졸 따라다니기에,

외롭나 싶어
이름을 부르면

대놓고 피한다.

에이,

됐다,
됐어.

너 놀아라,
혼자 놀아.

그러다,
관심을
주지 않으면

사읏

?

좌라라~
라

눈빛 발사.

아앗-
귀엽잖아…?

크읏

깍읏

자,

발라— 당

내 배
만져볼래?

갑자기…?

?!

귀엽긴 한데,
뭘 원하는 겨….

나중에 알고 보니,

이거였군.

좌아악—

참-

참-

간식or물을
달라는 거였다.

그리고 식후 똥.

뿌직.

툭-

야…

여튼 잘
먹고 똥도
쌌으니,

잠깐
낮잠 타임. ☆

늘,

늘 그렇듯,

하루는
놀고 싶다.

물론,
만지는 건 안 됨.

결국,
다시 책상에
앉음.

가끔
생각해본다.

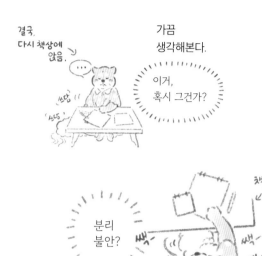

이거,
혹시 그건가?

분리
불안?

모르겠다.
의지하는 건지,

그냥 잘 따르는 건지.
그런데 생각해보면

넌 한시도 내게서
떨어지려 하지
않는다.

※ 방귀 냄새가 사람맨치로 독함

그래도 우를에서
내려오라고는 못함…

독한 놈. 이 상태에서 잘 수 있다니.

어쩔 땐,
CCTV처럼 매순간 따라붙는
하루가 버겁기도 하다.

그러나,

같이 있음에,

길들여지는 건,

바로 나였다.

아, 좋다.

이 고요한 행복이.

오래도록
계속될 수 있게-

사랑은 언제나 그렇듯

확인이 필요하다.

내가
사랑을 확인하는 방법은 '어부바'다.

비록
강요를 통해 얻는 거긴 하지만,

이 순간이 정말 좋다.

이 널찍한
등짝.

찰-

뜨듯하고
부드러운
판다의 등짝은,

업혔어?

응.

웃샤.

온전히 나의 것이다.

어때,
새털같지?

아니.

가볍게
거실이랑
방 두 개
돌아볼까?

달달··

호달

으….

방 문턱을 넘어서,

부엌을 둘러보고,

작은 방까지 돌아서,

그렇게
천천히 집 안을 돌면

그렇게

판다 어부바
투어 완료!

조금은,

사랑이 채워지는 느낌이 든다.

판다도
좋아하는거 같다.

저 인간은,

어쩜
저리도

엉덩이가

무거운 걸까.

난 정말
잠깐만
앉아 있어도

엉덩이가 불타
죽을 것 같은,
딱 그런 느낌인데.

마치…

흔들림 없는 시몬스 침대 같은 그를 보면,

격하게
방해가 하고 싶다.

자네는
일이 재밌나?

막 좋아
죽겠어?

또
시작이군.

뭐, 내가 좀…
방해할 건 없고?

응, 그냥
꺼져.

불안하다.

판다는 그랬다.

놀러 와서도
업무 자료 수집이라니…

사진을 찍어 자료를 남긴다.

TV에서 아무리
재밌는 걸 하고 있어도

알람이 울리면,

조건 반사로 일하러 들어간다.

결국 쳐 자고 마는 것이다.

그러다 깨어나면,

나는 쓰레기인가,

자괴감에 빠지고 만다.

시바야,
잘 모르나
본데

너,
집중력
있어.

내가
어딜 봐서?

전에 왜,
나 일찍 퇴근하고
집에 온 날.

시바야~
나 왔다~

집이 조용~ 한 거야.

문을 딱
여는데,

그 모습은 마치,

먹이를 노리는
야수의 그것…!

시바…
너 설마.

하루 종일…

…

넷플릭…

하루 14시간씩,
4일 만에
〈왕좌의 게임〉을
독파했었지….

…? 약간,
예시가
틀린 것 같은데.

정말 대단한
집중력이었어.

그리고 너,
그때 기억 안 나?

퇴근하고
집에 가던 길,

시바야,

응?

우리 자전거
한번 탈까?

사놓고
한 번을 안 탔잖아.

음… 글쎄.

딸딸딸

그런가.

맨날 회사에서
머리 아프고
피곤하다고 하길래,

그럼, 밥 먹고 한 바퀴
돌까?

…

사실 좀
걱정이
됐었거든.

어디서 들었는데,
자전거가 그렇게 건강에 좋대!
허벅지 근육이 전체 몸 근육의 30프로
어쩌고, 저쩌고~ 이러쿵 저러쿵~ 그래서~

…

우울

우울

같이 운동을 하면 좀 좋아지지 않을까 싶었어.

근데 내가
계속
자전거 타자고 그랬더니,

그랬던 네가,

농담인가 싶었는데, 넌 정말 바로 헬스장을
등록하고

심지어 PT도 받기 시작했잖아.

비가 오나
눈이 오나,

간다,
헬스장.

나와라
육수!

쪄 죽을 것 같은 날도,

매 순간이 고비이긴 했지만…

난
어떻게
해야
하지…?

으흑…
운동하지 않고
날씬해지고
싶어….

…햄버거를
그만 먹어.

턱 아프게 큰 버거킹 와퍼 세트
먹고 싶다…
소스 뚝뚝 흘리면서 먹고 싶다!

1일 1버거
도 끊고!

회원님,
직각이요!!

다리 쭉 올리세요!

회원님,
몸이 왜 이러죠?

직각!!

요가도 배우고!

솔직히, 너

금방 그만둘 줄 알았는데, 참 미스테리였어.

목표치를 무사히
달성하고,

헬스장에서
'비포 - 애프터' 비교
사례로
블로그에
올라가기도 했지.

그러니까, 널 너무 의심하지 말고 그냥 재밌게 해.

가장은 내가 맡을 테니까.

너답게,

그냥 해봐.

나는 널 믿어.

ㅋㅋ—

아~ 뭐래.

사실 나는 날 믿을 수 없어.

그럼,

둘 다 가장이지만, 네가 메인(?)인 걸로 하자.

그렇지만,

무르기 없기야~.

혼자서는 모든 게 확신이 들지 않지만

안절

부절

시바야.

네가 불러준다면,

어, 지금 가~

사뿐히 건널 수도 있을 것 같아.

그러니까
너와 같은 곳을
보면서

함께
걸어가야지.

에필로그.
오래오래 함께, 아낌없이 행복하게

결혼을 하면 안정감이 생길 줄 알았는데, 불안이 하나 더 늘었다. 나는 중증의 '어쩌나 병'에 걸렸다. 폰을 보며 걷는 남편이 출근하다 미처 신호를 제대로 못 보고 교통사고라도 나면 어쩌나, 잘 때 배를 까고 자는 저 버릇 때문에 목감기에 배탈까지 겹치면 어쩌나, 환절기가 오면 눈이 빨개지는데도 덥다고 패딩을 안 입으니 저걸 어쩌나…. 저 사람은 뭐가 저렇게 대충인가 싶어서 나라도 잘 입히고 먹이고 재우고 싶은 내 남편. 내조를 하고 싶다는 게 아니라 그냥 오래오래 살아 있었으면 좋겠다. 우리 아빠처럼 급하게 가지 않고, 오래오래 살다 갔으면.

그날은 날씨가 참 좋았다. 햇살은 간질간질 따듯했고, 비온 뒤 맑게 갠 목련향이 바람에 묻어나 코끝에 스미는 그런 날이었다. 일하러 가시는 아빠를 현관에서 배웅하고 나는 이마에 붙은 잔머리를 쓸어주는 엄마의 손길을 느끼며 무릎에서 선잠을 자고 있었다.

띠링.

전화벨이 울리고, 나를 일으켜 옆에 눕힌 엄마는 전화를 받았다. 햇살에 먼지가 잔물결처럼 일렁이던 그 순간, 엄마가 들고 있던 수화기가 바닥에 떨어졌다. 아빠가 죽었다. 아무도 직접적으로 내게 말해주지 않았지만, 알 수 있었다. 병원 홀 한가운데에서 민들레 홀씨처럼 풀썩 주저앉은 엄마는 아기처럼 울었다. 반지하방에 잠깐 찾아오는 한낮의 봄볕처럼 아빠는 잠깐 동안 여기 살다가 떠났다.

아빠는 그림과 사진, 여행을 좋아했다. 파도가 치는 바다 그림을 특히 많이 그리곤 하셨는데, 한 장 한 장 파도 모양이 달라 보이지만 이어붙이면 하나의 큰 바다가 되는 그림이었다. 아빠는 그 그림들을 줄지어 세워 놓고 서서 멀거니 바라보곤 했다. 어느 날은 나를 무등 태워 올리고 그림을 보며 말씀하셨다. 만약 다시 이 세계에 태어난다면, 아빠는 파도가 되어도 괜찮을 것 같다고. 대서양이든 태평양이든 바다 닿는 곳 어디든 양껏 파도를 몰고 다니고 싶다고. 사방 벽면에 가득 이어붙인 바다를 보며 아빠는 설레는 듯 웃었다.

장례식을 마치고 어른들과 강원도 정선에 있는 맑은 계곡에 갔다. 뾰족뾰족하고 커다란 계곡 밑에는 동굴이 있고, 세차고 투명한 초록 계곡물이 흐르는 곳이었다. 그곳에서 아빠의 뼛가루를 뿌렸다. 손에 느껴지는 무겁고 따뜻한 감촉. 손에 느껴지는 그 따듯함이 꼭 아빠의 체온 같아서 이상했다. 천천히 뿌려보려 노력했지만 아빠는 금세 손가락 사이로 흩어져 날아갔고, 이내 계곡 물 밑으로 가라앉아 사라졌다. 아빠는 빨리 계곡 물살을 타고 강을 만나서 바다로 가고 싶었나 보다. 그렇게 파도가 되어 넘실대다가 가끔은 비가 되어 내려오실지도.

그림과 독서를 좋아하던 아빠처럼 나도 그림을 그리고 글을 써야겠다고 생각했다. 아낌없이 사랑을 퍼부어주던 아빠처럼 나도 아끼지 않고 더 사랑하며 살고 싶다고 생각했다. 누군가에게 사랑받던 딸이라는 그 사실 하나로 난 나를 길러낼 수 있었고 남겨진 삶을 감내할 수 있는 힘을 얻었다. 그리고 이제 남편과 내가 각자가 아닌, 둘이 만난 하나라는 걸 가슴으로 받아들일 용기를 얻었다.

여름 노을이 분홍색으로 예쁘게 물든 날, 하루와 동네 산책을 하고 있었다. 마침 한 달에 두 번만 오는 타코야키 트럭이 나왔기에, 타코야키 스무 개를 덥석 샀다. 모락모락 김이 나는 그 쫀득한 문어의 식감. 혼자는 다 못 먹지만, 둘이라면 뭐 그냥 껌이지. 거기다 타코야키에 맥주는 기본 예의니까, 편의점에 들러 남편 거 내 거 사이좋게 두 캔을 샀다. 그 뜨거우면서 차가운 기묘한 온도의 비닐 봉다리를 한아름 들고 집으로 들어가 판다를 마주보던 그 순간, 현관 앞에서 남편에게 말했다.

"나 좀 행복한 거 같아."

누군가를 생각하며 함께 먹을 것들을 사고, 그 누군가가 기다리는 집으로 들어가는 것. 노을이 이쁘다고 혼자 되뇌는 게 아니라, 노을이 이쁘다고 너에게 말할 수 있는 것. 맛있는 음식을 살 때 다 먹을 수 있을까 겁내지 않고, 호탕하게 2인분을 사는 것. 나 홀로 단단히 굳세게 살기보다, 둘이서 동동거리며 춥다 덥다 엄살 피며 사는 것. 남편의 코 고는 소리에 몸을 돌려 누우며 밤새 이불 씨름을 하는 것. 그렇게 같이 살찌고 같이 늙어가는 지금, 행복하다. 바로 지금 이 순간이.

널 누가 데려가나 했더니
나였다

웃프고 찡한 극사실주의 결혼 생활
© 햄햄 2021

초판 1쇄 인쇄 2021년 12월 2일
초판 1쇄 발행 2021년 12월 9일

지은이 햄햄
펴낸이 이상훈
편집인 김수영
본부장 정진항
편집2팀 이현주 허유진
마케팅 김한성 조재성 박신영 조은별 김효진
경영지원 정혜진 이송이

펴낸곳 (주)한겨레엔 www.hanibook.co.kr
등록 2006년 1월 4일 제313-2006-00003호
주소 서울시 마포구 창전로 70 (신수동) 화수목빌딩 5층
전화 02) 6383-1602~3 **팩스** 02) 6373-1610
대표메일 cine21@hanien.co.kr

ISBN 979-11-6040-747-1 03810